Ye 2382

# LA RELIGION,

### à l'Aßemblée
### du Clergé de France.

*POEME.*

EN FRANCE.
Chez les Libraires.

M.DCC.LXII.

# POËME.

*La Religion descend au milieu de l'Assemblée*
*du Clergé, & dans son étonnement*
*dit :*

Ù suis-je ? Sont-ce-là mes Docteurs,
    mes Prophetes,
De mes Oracles saints les divins Intér-
    pretes,
Les Pasteurs d'Israël, les Vengeurs de mes droits ?
Quels Evêques, grand Dieu, que ceux que j'ap-
    perçois !
Hélas ! sont-ils Chrétiens ? L'est-on sans inno-
    cence ?
L'est-on sans charité, sans foi, sans pénitence ?
Prélats, on doit juger de l'arbre par ses fruits :
Les vôtres, de quel germe ont-ils été produits ?
Il n'est que deux amours, l'un saint, qui justifie ;
L'autre impur & souillé, partage de l'impie.
Où prendre un Juste ici, qui fidele à ma loi,
M'aime, soit mort au monde, & vivant de la Foi?
Dans vos Mitres, le fruit d'une intrigue profane,
Vous portez sur vos fronts l'Arrêt qui vous con-
    damne.
Sur vos Thrônes sacrés mes yeux cherchent en
    vain
Des Prélats dans ce poste élevés par ma main.

A

On traînoit autrefois les Saints au rang suprême ;
Aujourd'hui l'on y court, on s'appelle foi-même.
Où trouver un Pasteur prévenu par mon choix ,
Qui de l'Episcopat ait redouté le poids ,
Et dont le premier pas ne soit point une chute ?
Par des vœux criminels à l'envi l'on débute.
Un Siege est-il vacant ? Que de regards sur lui !
La Crosse, effroi des Saints, est un don aujourd'hui ;
L'ambition conduit au pied des Tabernacles ;
L'Adroite Simonie écarte les obstacles.
Un Bénéfice au gré de l'avare Prélat
Ne peut d'un si haut rang entretenir l'éclat.
Au lieu de cultiver le champ , on le ravage ,
Au mépris de mes Loix l'Eglise est au pillage.
Dans le sacré Bercail , infideles Pasteurs ,
Guidés par l'intérêt, vous n'entrez qu'en voleurs;
C'est du sang des brebis que vous êtes avides :
Sous leurs peaux vous cachez des projets homi-
        cides.
Vos trésors ne font pas mes dons, mais vos larcins ;
Evêques à vos yeux , aux miens vrais assassins.
Usurpateurs des rangs où je vous vois paroître ,
Criminels , voulez-vous cesser enfin de l'être ?
Quittez ces ornements , qui n'en font pas pour
        vous.
Sous l'habit des Pasteurs on reconnoît les loups.
Elevés par orgueil, descendez par justice ,
Jamais grands à mes yeux que par ce sacrifice.
Mais vos sombres regards prouvent en ce moment
Que fous des chaînes d'or on s'aveugle aisément.
Descendre , vous paroît une foiblesse indigne ;
Ce seroit , selon vous , abandonner ma vigne ,
Sacrifier mes droits , tout perdre & me trahir ;
Et vous n'êtes ici que pour me secourir.
Hé bien , qu'y faites-vous ? Parlez , qu'en dois-je
        croire ?
Réunis fous mes yeux, l'êtes-vous pour ma gloire?

Pourquoi s'envelopper dans un profond fecret ?
Ah ! fi de vos deffeins j'étois l'ame & l'objet,
Vous verroit-on, du jour redoutant la lumiere,
Ne marcher qu'en tremblant fous l'ombre du
    myftere ?
Le triomphe du vrai peut-il être le fruit
De projets enfantés dans le fein de la nuit ?
Qui fe cache, eft coupable ; on fe montre fans
    crainte,
Quand de la vertu feule on préfente l'empreinte.
On penfe, en vous voyant chercher des fouter-
    reins,
Que l'homme ennemi veille, & feme par vos
    mains.
Des Anges de lumiere on vous donne le titre,
Pourquoi donc placez-vous un mafque fous la
    Mitre ?
Si l'amour feul du vrai dirige vos pinceaux,
Travaillez au grand jour, ouvrez tous vos bu-
    reaux.
Prouvez que vous marchez fur les pas des Apô-
    tres ;
Chrétiens pour vous, foyez Evêques pour les au-
    tres.
Ceffez de vous cacher ; qu'eft-ce donc qu'un Prélat
Qui n'eft qu'un fel fans force, un flambeau fans
    éclat ?
D'un Evêque apprenez l'alternative étrange ;
C'eft toujours à mes yeux un monftre, ou c'eft
    un Ange.
J'ai vu ce temps heureux, qu'ici la piété
Portoit dans votre état des fruits de fainteté.
Dignement appellés au divin Miniftere,
Les Pafteurs honoroient leur facré caractere.
Grands par l'humilité, riches, mais en vertus ;
( Hélas ! jours floriffants, qu'êtes-vous devenus ? )

Ils pratiquoient mes loix, annonçoient mes ora-
 cles,
Gagnoient par leur douceur, frappoient par des
 miracles,
Ou jamais à la Cour, ou toujours Pénitens,
Sans faste, & respectés, Evêques en tous temps.
A la voix de tels Chefs on marchoit sur leurs
 traces.
On leur a succédé, mais remplit-on leurs places ?
Quel contraste jamais plus digne de mes pleurs !
Ils n'aimoient que la Croix, vous n'aimez que les
 fleurs.
Les faux biens à leurs yeux n'étoient qu'un vil
 atôme,
Aux vôtres ceux du Ciel ne sont qu'un vain fan-
 tôme.
Peres des indigens, ils faisoient des heureux.
Rivaux des fiers Traitans, vous l'emportez sur eux,
Tempérans, ils n'avoient qu'une table frugale,
Et la vôtre gémit du luxe qu'elle étale.
Leur modeste vertu marchoit baissant les yeux :
L'éclat de votre orgueil forme un scandale affreux,
Dans mon Volume saint, dans les Ecrits des Peres,
Ils puisoient nuit & jour d'abondantes lumieres.
Quel prodige aujourd'hui qu'un Evêque savant !
Pour vous des Livres saints l'étude est un tour-
 ment.
Ils prêchoient, & l'exemple appuyoit leurs ma-
 ximes ;
Muets pour le salut, l'êtes-vous pour les crimes ?
Que vois-je dans vos mains ? deux Décrets pleins
 d'horreurs,
Que l'Enfer contre moi vomit dans ses fureurs,
Dont dans Rome payenne, au pied d'un Dieu de
 plâtre,
Avec sa raison seule eût rougi l'Idolâtre ;

Ouvrages ténébreux , qui renverſent ma Loi ;
Bouleverſent l'Egliſe , inſultent à ſa Foi ;
L'un , tiſſu monſtrueux d'affreuſes calomnies ,
L'autre , germe fécond d'abſurdités impies ;
Couple impur , digne fruit d'un Monſtre décoré
D'un nom par le Ciel même en tremblant adoré.
Quel Monſtre ! C'eſt un homme exiſtant en cent
    mille ,
De tant de corps divers ſeul & puiſſant mobile ,
Qui rival du Très-Haut , ſans paroître , eſt par-
    tout ,
Embraſſe l'Univers de l'un à l'autre bout ,
N'occupe qu'un ſeul point , & gouverne la terre ;
N'a qu'une plume en main , & lance le tonnerre ,
Traîne un vil vêtement,& foule aux pieds les Rois,
Maîtriſe les eſprits , & les corps & les loix.
Jaloux de mon triomphe, embelli de mes charmes,
Ce Monſtre contre moi tourne mes propres armes.
Pour m'ôter la parole , il emprunte ma voix ;
Pour renverſer mon thrône , il prend en main la
    Croix.
Sa Politique habile appelle l'ignorance ,
S'empare adroitement des clefs de la Science ;
En prêchant l'Evangile , en altere l'eſprit ,
En couronnant mon front , le ſouille & le flétrit ;
Des ſaintes vérités empoiſonne la ſource ,
Aux plus noirs attentats s'enhardit dans ſa courſe ;
Proſcrit toute vertu , qu'il voit d'un œil jaloux ,
Conſacre toute horreur qui ſert bien ſon cour-
    roux ;
D'un tas d'impiétés , qu'avec art il exhale ;
Infecte ma Doctrine , inonde ma Morale ;
Rampe vers la grandeur par d'indignes détours ,
Du poignard , du poiſon achete le ſecours ;
Fait un devoir du crime , un jeu du ſacrilege ,
Change en Théâtre un Temple , en Sodome un
    College ,

Enfante & canonife un fyftême cruel
Qui profane, enfanglante & le Thrône & l'Autel;
Divinife les fruits d'un honteux fanatifme,
Sur les débris de tout s'éleve au defpotifme ;
Enfin , par un concours d'incroyables forfaits ,
Aux témoins étonnés fait douter s'ils font vrais.

    Tel eft ce Monftre : hé quoi ! Miniftres de mon
      culte ,
Vous , Organes du Ciel , que la Terre confulte ;
Chefs de mon Sanctuaire, appuis de ma grandeur,
Qui vantez fur vos fronts le Sceau de ma faveur,
Malgré tant de bienfaits, au Monftre qui m'ou-
      trage ,
Ingrats , vous préfentez un facrilege hommage.
C'eft votre Idole. Envain tout parle contre lui.
Vous foulez tout aux pieds pour lui fervir d'appui.
Vous oubliez honneur , fidélité , prudence,
Dignité , bonne foi , ferments , gloire , décence ;
Contents , fi mon Rival accepte votre encens.
Quel efprit de vertige enivre ainfi vos fens ?
Je penfois qu'éblouis par de vaines chimeres,
Eblouis par l'éclat des vertus menfongeres,
Vous preniez pour moi-même un Rival odieux :
Infenfés , qu'ai-je omis pour deffiller vos yeux ?

    Du fond d'un Sanctuaire où j'habite moi-
      même ,
Où le nom de Juftice orne mon Diadéme ,
Où , la balance en main , je pefe les Mortels,
Efpoir des Innocents, effroi des criminels,
De-là j'ai fait partir mille voix redoutables
De l'efprit qui m'anime, Oracles refpectables;
L'Univers étonné fe réveille à ce bruit ;
Le Monftr s'en émeut , la France en rétentit.
La main de ma Juftice ôte aux yeux de l'Europe
Le voile dont le Monftre avec art s'enveloppe :
Quel changement fubit ! l'Impofteur dépouillé
Laiffe voir mille horreurs dont fon fein eft fouillé.

Uſure, meurtres, vols, calomnies, homicide,
Parjure, ſacrilege, infâme Régicide.
Quel amas de noirceurs ſous des dehors brillants !
L'illuſion, Prélats, ceſſe enfin : il eſt temps ;
Pàrlez ; que penſez-vous du Rival que j'abhorre ?
Le monde eſt décidé : balancez-vous encore ?
Le maſque eſt arraché : les faits ſont évidents.
Qu'entends-je ?.... confondus par des traits ſi
　　frappants,
Sourds aux cris de l'honneur, au cri de la juſtice,
N'oppoſant aux raiſons qu'un aveugle caprice,
» Reſpectons, dites-vous, un Corps ſi glorieux,
» Néceſſaire à l'Egliſe, à l'Etat précieux «.
Quel langage ! Dans vous eſt-ce fureur, folie,
Ivreſſe, aveuglement, faux-honneur, frénéſie ?
Quel bien tire l'Etat d'un amas de Brigands,
Uſurpateurs hardis, dangereux Intrigants ;
D'un Deſpote étranger adorateurs ſerviles,
Des légitimes Rois contempteurs indociles ;
Sujets, pour profiter des droits des Citoyens,
Etrangers, s'il s'agit d'en briſer les liens ;
Ne prenant dans l'Etat aùcune conſiſtance,
Pour éluder des Loix la ſévere Ordonnance ;
Eſpions, abuſants du ſceau le plus ſacré,
Si l'honneur de leur Secte y gagne un ſeul dégré ;
Avides pour le gain, ſans foi dans le commerce,
Vindicatifs, cruels, ſitôt qu'on les traverſe ;
Soufflants par-tout le feu de la diviſion,
Immolants tout au gré de leur ambition ;
D'un air de piété colorants leur vengeance,
Modeſtes par orgueil, traîtres par conſcience ;
Faux, parjures, ingrats, violants tous les droits,
Dépouillants les Sujets, aſſaſſinants les Rois ;
Portants le fer, le feu, la mort, ou des entraves,
Par-tout où leur orgueil ne veut que des Eſclaves ;
Fanatiques, ligueurs, fourbes, ſéditieux ?.....
Sont-ce là des Sujets à l'Etat précieux ?

Le font-ils à l'Eglife, où leur funefte rage
Depuis deux fiécles fouffle un feu qui la ravage?
N'eft-ce pas fous leurs coups que je vois tous les
    ans,
Ou tomber mes Autels, ou périr mes Enfants?
J'aimois un Inftitut, ils l'ont frappé du foudre:
J'avois un faint afyle, ils l'ont réduit en poudre.
Je régnois en Sorbonne, on y fuivoit mes loix:
L'Erreur m'attaquoit-elle? on y vengeoit mes
    droits.
Ces furieux armés d'une infolente audace,
M'ont chaffée, & j'y vois un Squelette à ma
    place.
Au facré Tribunal des Guides éclairés,
Ramenoient fous mes loix les troupeaux égarés.
De mes Rivaux jaloux je vois la troupe indigne,
S'emparer de mes clefs, & détruire ma vigne.
J'avois, pour m'annoncer, des Interpretes faints:
Je ne vois, j'en rougis, qu'orgueilleux baladins,
Qui d'un ftyle profane énervant mes maximes,
Souillent mes vérités, embelliffent les crimes.
Sous de fages leçons je voyois autrefois
Les dociles enfants fe former à ma voix:
De profanes Mentors l'impudique cabale
Ne leur ouvre aujourd'hui qu'une école fatale,
Où leurs cœurs ne puifants que l'amour des plai-
    firs,
Ne prennent déformais pour loix que leurs defirs.
Le Clergé dans Paris, formé fous mes aufpices,
Ornoit mon Sanctuaire, & faifoit mes délices;
Quel fpectacle aujourd'hui! des Prêtres féduc-
    teurs,
De mes myftères faints hardis profanateurs,
Se jouant de l'Autel, troupe vile & vénale,
D'un Peuple corrompu l'opprobre & le fcandale!
Pour comble de malheurs dans ces jours je ne voi
Qu'une funefte ardeur pour ébranler la Foi.

Ivre d'un vain orgueil, bravant jufqu'au ton-
    nerre,
Le Déifme ufurpant l'empire de la Terre,
Vante de la raifon le triomphe éclatant,
Et ne jette fur moi qu'un regard infultant.
Affreux renverfement, trifte métamorphofe !
Prélats, ouvrez les yeux, vous en verrez la caufe.
Depuis le jour cruel que le Monftre fatal
Fit éclorre à Lifbonne un fyftéme infernal,
Et que des bords du Tage aux rives de la Seine,
L'infolent Molinifme ofa traîner fa chaîne,
De ce malheureux jour je date mes malheurs,
Et ne fais qu'arrofer mes Faftes de mes pleurs.
A ma douleur extrême où chercher un remede ?
Témoins indifférents du malheur qui m'excede,
On ne vous voit d'ardeur que pour en triompher,
Vous irritez un feu qu'on eft prêt d'étouffer.
Comment juftifier cette horrible conduite ?
Peut-être eft-ce foibleffe, & la Secte hypocrite
Dans fa chute annonçant de plus puiffants efforts,
Vous prévoyez fa haine, & craignez fes tranfports.
Lâches, ces fentiments feroient-ils donc les vô-
    tres ?
Etes-vous, pour tromper, fucceffeurs des Apô-
    tres ?
Evêques, apprenez votre premier devoir,
C'eft d'infpirer la crainte, & de n'en point avoir.
Défenfeurs de la Foi, chefs du Chriftianifme,
En traits de feu marqués au coin de l'Héroïfme,
Grands au fein de la paix, plus grands dans les
    combats,
Vous devez, fans pâlir, braver jufqu'au trepas.
Que l'Hydre fe releve ; hé bien, c'eft votre
    gloire.
Pouvez-vous fans combats mériter la victoire ?
L'honneur de votre rang tant de fois avili
Demande un tel retour pour fe voir rétabli.

Mais quelle est votre erreur sur l'impuissanteSecte!
Est-ce au lion superbe à fuir devant l'insecte ?
Que vous connoissez peu votre prix & le sien !
Foible même avec vous, sans vous elle n'est rien:
Son sort dans ce moment dépend d'une parole,
Parlez, & le néant engloutit votre idole.
Vous tremblez ! hé ! voyez, un simple Sénateur,
Quel opprobre pour vous ! devient mon défen-
 seur.
Attentif sur le Monstre, il l'approche, il l'atta-
 que ;
Il démasque le fourbe, entrouve le cloaque,
D'où des plus noirs poisons s'éleve la vapeur
Qui doit de mon empire avancer le malheur.
A l'aspect du danger qui menace mon trône,
Le vigilant Sénat d'un saint effroi frissonne ;
Il prend le fer vengeur, & du Colosse affreux
Disseque prudemment les membres vénimeux.
Il vole à mon secours : c'est aux Dieux de la terre
Au défaut des Prélats, de s'armer du tonnerre.
Frappé d'un coup mortel, le monstre chancelant,
Prélats, à son secours vous appelle en tombant.
Quoi ! Vous le redoutez, tandis qu'il vous im-
 plore ?
Ce n'est plus qu'un cadavre, & vous tremblez en-
 core ?
Ciel ! Quelle honte ! Allez, vils prévaricateurs,
Du Colosse expirant mendier les faveurs.
Que vous méritez bien, ambitieux Esclaves,
De traîner sans rougir, de si nobles entraves !
Mes chaines à vos yeux ne sont que d'un vil
 prix :
Je prêche des faux biens un généreuxmépris,
L'humilité, la foi, des mœurs, la tempérance,
L'esprit de pauvreté, des fruits de pénitence :
Ce sont là mes liens ; ils vous sont en horreur.
Hé bien ! de vos penchants suivez l'attrait flateur:

Foulez aux pieds la foi, vivez dans la molleſſe ;
Que les plaiſirs chez vous ſe ſuccedent ſans ceſſe ;
Que votre faſte étonne & l'Egliſe & l'Etat :
Rivaux des Grands du monde, effacez leur éclat :
Au ſein d'un doux loiſir coulez des jours paiſibles :
C'eſt-là qu'eſt ma vengeance : ô menaces terri-
    bles !
Mais un eſprit d'ivreſſe en dérobe le ſens.
Sourds aux cris de l'honneur, ſoyez-le à mes ac-
    cens :
Ayez des yeux ſans voir ; écoutez, ſans entendre.
Vous dédaignez mes biens, j'ai droit de les re-
    prendre.
C'en eſt fait, déſormais vous vivrez ſans remords,
Je retire mes dons, mon eſprit, mes tréſors.
Je ne laiſſe chez vous qu'un phantôme frivole,
Ouvrage ſéducteur de votre vaine idole,
Propre à précipiter par un ſemblable ſort
Les Paſteurs, les troupeaux, dans le puits de la
    mort.
Je laiſſe un beau dehors, mais ce n'eſt qu'une
    écorce,
Un miniſtere ſaint, mais ſtérile & ſans force ;
Quelques Elus, mais peu ; germe heureux & fé-
    cond.
Mon eſpoir . . . . Ah! ce mot vous cache un ſens
    profond.
Sous un bandeau d'acier votre ame eſt aveuglée ;
De vos crimes enfin la meſure eſt comblée.
Votre Arrêt s'exécute, inſenſibles Prélats,
Vous l'avez ſous les yeux . . . & vous ne tremblez
    pas.

FIN

www.ingramcontent.com/pod-product-compliance
Lightning Source LLC
Chambersburg PA
CBHW061511170626
46811CB00004B/1704